마음 연장

이서하

마음 연장

이서하

PIN
051

차례

PIN

051

마음 연장

이서하

시

어떤 꿍꿍이

울보는 이목구비가 없는 식물만 키웠다
들리지 않는다는 것을 알게 된
이후로 그는 더 많은 이야기를 했다
초저녁이 되자 울보는 냇가와
숲길에 갔다, 식물을 데리고 갔다
처음으로 울보는 울지 않고 말했다
여기는 있잖아, 내가……
흐르는 물소리의 개입으로
그의 말이 그치자, 식물은
여기서 다음을 기다려야 했다
화분을 조금씩 깨면서
늙고 싶다고 생각하면서
식물은 울보의 깡마른 발목을 잡고
자랐다 무려 십여 년 동안이나
귀가 없어도 들리는 것이 있었다

집 연장하기

목소리의 자리가 없는 존재들의

증언을 듣는 자의 증언을 듣는 것

—신지영, 「'증언을 듣는 자'에 대한 증언」

아직은, 아직도……
그것은 소명하니
그것은 가만히 있니
의도했건 아니건 간에
살아 있다고 들리는
가파른 변곡점에서
새가 날아오는 꿈
—아니, 언덕이었나
절망을 수습하는 꿈
—아니, 허깨비였나

들것에 실려 가거나
목석같은 것을 삼킨
―너는 무슨 수로 사니
무너지는 곳 어디든
―가서 박힐 순 없겠지
가누는 것이 가능한
그러나 늘 어딘가
닿으려고 노력하는
목은 입을 열고 말한다
―여기에 연장은 없다
―고의적인 힘은 없다
고칠 게 허무맹랑해서
내가 구멍이 되거나
좀처럼 낫지 않은 것
―속의 값은, 0의 값

돌과 나무는 상태 유지
반년에 반걸음 움직이고
아무것도 하지 않아도
일이 끝나지 않는다
—모양이 망가질까봐
제 것만 오리던 사람은
저의 자리를 이어 붙인다
존재 영역에 다다라서야
그는 배경 하나를 훔쳐
돌 아래 정직하게 심는다
그 돌을 들어 올리려고
움직이는 돌을 보려고
—일어나는 것은
—그것대로 놔두려고
그 아래 우글거리는

소리가 있고 어느
존재의 집이 있고
너무 작아서 간단하게
돌을 놓치는 그가 있고

속으로 말하기

똥이 무서워서 피하니

더러워서 피하지……

배에 힘을 주라고

그만하면 힘든 것도 아닌데

의외의 힘도 없이 배짱도 없이

너는 내가 무섭니, 동거인은

어금니에 힘주며 말하는 버릇 때문에

독심술을 밥 먹듯이 하는 인간이다

그와 말을 섞은 자는 몇 없지만

믿으면 무언가 듣게 된다고

속도 모르고 떠드는

나는 그가 비운

냄새나는 덩어리

아무도 치우지 않아서

바스러지기 쉬운 더러움으로써

목숨에 대한 몇 가지 고찰을 하기에 이른다

―*저주하고 싶지 않을 정도로 살기*

―*싫어하는 것을 십분 이해하기*

―*두말없이 세상은 똥이라고 믿기*

말마따나 애를 낳아본 적 없는

나로서는 비교적 아픈 개와

얼토당토않은 살림에 딸린 말뿐이라서

배부른 소리는 알다가도 모르겠고

식당에서 밥술을 뜨는 어느 부녀의 일침

그들이 말하는 개는 나와 함께 있다

말수가 적은 게 차라리 낫겠어

이제는 부끄러움을 가르치자 불현듯

입술에 검지를 올려두는 그의 딸

배꼽같이 오므린 입술

애석하게도 탯줄은

고통을 느끼지 못하지
거절할 수 없어서 태어난 것들아
세상이 어둡기 시작하면 그때는
'어둠이 불을 앞지른 것일 뿐'
겁도 없이 하나의 불꽃이 인다면?
소명해야 할 대상이 자신이라면?
인간의 속은 살아 있는 어둠뿐인데
아픈 몸 안으로부터 내비치는 빛
가당키나 할까 그게 물었을 때
비가림막 없이 젖는 무덤가
굴러갈 만도 한데 언덕은
가파른 명맥을 이어간다
동거인은 속으로 말했으나
그가 모르는 게 하나 있으니
인간은 작아야 한다는 것

저의 쓸모만큼, 그래

배 속의 그것이나

봉안함의 그것이나

요강의 오물이나

길에 묻힌 똥에 누가

독을 품을 용기를 내었을까

하릴없이

"옥상에 불"이라고
공동 현관문에
붙어 있는 메모

내가 먼저 본 것은 아니겠지
옥상에 불을 켜둔 그는 혼자라서
그것을 떼어 계단을 오른다
문 안쪽은 짖지 않는 것이라고
여기는 개가 살고 있어
엘리베이터가 필요 없는 낮은 층을
택했다고 말하려다 공동 현관문 열리는 소리가
공연히 크다 귀를 세운다 살아 있는 소리

구름도 무려 이름이 있다
곧 비가 올 것 같다고

그렇지, 그러나
구름 아니고 안개인데

비가 오면 좀 들어가도 될까요

젖은 양말을 신고 다녔어요 마르지 않는 살갗도
있을까요 입안은 축축할까요 그럴까요 소의 가죽이
라고 했다 그런 것들은 심장을 묶어서 고통을 잘 말
린 거라고

피가 도니까 어지러운 거라고
물기도 제 핏기를 흘린다고

말하려는데 옥상 문이 열린다
문단속은 안 하고 싶은 기세로

개가 아파요, 장마철부터

죽어가는 냄새가 나요

구름 탓은 아니지만

그가 지금 이쪽을 보고 있다

나갔다 오라고 좀 나가라고

여기에 있는 것보다 좋겠는데

위층이 가장 조용하다는 것을 개는

아는지 벌써 앞을 건너고 있다

무엇을 할 수 있을까 떨어지면서

나는 알게 되지 그만 가만히

있어야지

알려주는 것이

한 번이 아니라는 것을 안다

평생소원이 누룽지

돌아올 때까지 그러니까,
한나절하고 반나절 지나도
오지 않은 것은 막을 수 없다
사람들 머물다 간 나무로 보이고
같은 자리에서 둘러보고
회초리로 쓸까 하다가
어디에 쓰려고 얼마나 아프려고
조용히 자리를 흔드는 것들
사람보다 무서운 게 어디 있냐고
이만하면 나무도 저들끼리 매질을 멈춘다던
눈동자 시린 겨울에도 아무개는
늑장을 부리지 않는다
주워듣기로는 빈 우유갑을
잘 말려서 걸어두면 집 안으로
함부로 발 들이는 자가 없어

누가 죽고 살았는지, 숨어 있다면
식별에 능한 재주를 타고난 거겠지
어이, 등 뒤에서 오는 아무개여
아침저녁으로 물 떠놓고 고집을
똑똑 떼어 빌었다지, 그게 자라서
언제까지 모른 척해야 할지 몰라서
듣는 자는 빈 것에 짱박혀 있다지
'요새는 들어주기 싫은 게 많아'
'가려운 곳을 긁어주는 것도 별로'
배 속에 눌어붙은 누룽지처럼
오래 붙어 있거나 속으로 말하지
씨알 굵은 세상을 크게 한술 떠
입을 벌리면 구멍이 작은 거지
좁은 문에 코끼리 바늘구멍에 낙타
그런 거지 살아남을 구멍이란 게

저만 들어갈 수 있는지 물었지
다른 이를 기다리고 있던 아무개는
꼼짝없이 저를 찾는 손님을
꺼벙이, 주정뱅이, 훼방꾼, 도적 떼가
난동 부리는 꿈을, 그게 저인 꿈을
잠시 떨어지는 눈과 저의 몸을
맞바꿔치기하듯이 꾸었지
꿈은 한 치 앞도 복안으로 보였지
둘은 이미 셋으로, 셋은 다섯으로
'행할 수 있는 것은 위장이 아니다'
'억울한 순간 그 기관은 사라진다'
말을 끝으로 생각만 남은 날
가진 것을 돌려주기 위해
네 것을 찾으러 왔다고 했지
백지장에 물 한 방울 떨어지듯

아무개는 잠시 다녀가는 것

텅 빈 중심

그릇을 비우기 위해
여기에 담긴 것은

둥글고 작은 방해가 된다
건드리지 않고 그것을 본다
네 살점은 붙지 않으니까

그러나 가만한 젓가락은 두 개라서 앞서간 이의 뒤
를 따라가겠지 포크를 돌리며 시간을 되감는 것처럼
멈춘 것은 더 쉽게 훼손될 수 있다는 것을
알게 되겠지 볼우물에서
줄어드는 것을 보는 중이었고

그러니까 우물이 동굴과 다른가
동굴에 들어가서 한참 지내는 것은

빛이 없다는 것이 가장 난제인가

아니지, 아니지
움직이는 게
가장 난제이지

천천히 젓가락을 일으켜 세워 훼손된 부위 하나
를 집었다 중심이 흔들리지만 벽을 오르던
절지동물은 뒤로 달리지 못한다

나는 그것과 멀리 있나
부위별로 생각하는 동안

고사리 미나리 도라지는 으깨면 오래 두고 먹을
수 있다 어쩌면 그것들이 자라나는 것보다 더 오래

변한 것을 훼손된 것이라 생각하지 않는다

거의 모든 음식은 죽음을 소분해 재활용하는 것
일 뿐이라고

무엇이 더 고른가 무엇이 더 추상적인가

질문하지 않는다 조금씩 녹고 변하는 상태를 그
것대로 둔다 차이는 행동을 규제하기도 하니까

날 선 더듬이 같은 기관도 사라지고

좌우 입장을 바꾸는 물방울

두개골은 물방울의 것

상반신은 이동할 것

시계 방향으로 돌릴 것

저를 보고 놀랄까봐 원은 가운데 점 하나를 찍어 둔다 원을 따라 관점을 서사화한다 자연 방목하는 종유석은 상하 반전 매달려 있다 떨어지는 물이 자란다

매달려 있던 것보다 더 오래

그 아래 누운 것들
겨우 반만 남기고
여기서 나가야지

빈 그릇처럼 쌓인 단층들

지각의 틈으로 흘러 들어갈 때 동굴이 점점 커지는 것을 중심이라고 부를 수 있을까 과연
원을 자연적이라 생각하지 않는다

알음알음

상자에 관해서라면……
크기와 넓이와 깊이가 청승맞은
쓸데없이 좋은 것을 생각하게 되는 그런
열어볼 수 없는 마음과
튼튼하고 무난해서
헤아리기 어려워지는 그런
멋진 이름이 필요하다고
고이케 마사요는 도키오에게 말했다
아니, 도키오가 스스로 말하게 했다
'구분하기 어려워, 물건과 버릇은'
'모두 버릇에 의해 만들어졌을지도'
무엇이든 수집하는 족족 상자 안으로 들어갔다
다시는 나오는 일이 없도록 주저하는
영혼에 대해 생각을 하다가……
가능하다면 한 번쯤

건드리고 싶어, 마주하기 영 껄끄러운

누워 있는 자신에게 눈이 멀어 글쎄

둔탁하게 못질하는 소리를 가까이서 들었다

달군 쇠를 탕탕 두드리는 것 같기도

해가 지는 개수대의 적막을 깨는

물방울의 소음 같기도 했다

소음이 대체 뭐라고

이 메마른 어둠을 깨나

잠깐의 기쁨과 슬픔에는

필요와 충분의 조건이 다르다는 것

그는 지금껏 지나친 거리의 작은 상자들이

'헌데 음악은 언제부터 거리를 앞질렀나'

바깥에 단단히 노출되어 있음을,

손님과도 어울릴 수 없는 조건으로,

가령 한겨울에 환기를 위해

창을 열어둘 수 있는 집과
창이 없어도 웃풍이 도는 그런 집을
생각하게 되는 것이다 단지
모두가 덜 춥고 불행하면 좋겠는데……
도키오는 이런 생각, 이런 마음을 죽어도
고쳐 쓰려 하지 않기로 한다
적당한 일이란 일어나지 않으니까
생존이라는 말은 하지 말아야지
상자와 집은 누우면 비게 되어 있다
필요에 의해 만들어진 것들이란
사라진 버릇을 남기기 마련이라서
땅에 발을 붙일 수 없는 것들만
닿을 수 있는 외진 곳에 대해
궁금해한다, 그다음은
만질 수 없는 저 자신을

아름답다고 할 수 있을까……

예외 상태

쌓이다 만 철근 구조물
부지의 용도가 바뀌었지만

가파른 산지를 깎는다고 건물이 낮아지진 않지
만 버섯의 포자는 아픈 데 호혜적이고 완공이 되려
면 한참을 더 기다려야 해서 외벽을 오르기로 한다

여기가 네가 머물 곳이야
버섯은 일종의 곰팡이라는데
썩은 데서만 자라나는 고집

누울 곳이란 여기 없어서 서로를 받치고 있을 뿐
인데 기우는 높이가 끝나기 직전
얼굴만 한 덩굴이 참여한다

땅을 파서 만든 장어 양식장은 부지가 커서 야영지로도 쓰였다 일손으로 갔던 날 은쟁반에 손질된 장어를 부지런히 날랐다

거미가 동행했다
줄에 걸릴 때마다

걸리적거리는 것들이란 죄다 없애고 싶은 고집은 어디서 생기는지, 잘 드는 가위 하나를 챙겨 가던 길에 뒤따라오던 거미에게 다가가 아무렇지 않게 다리 하나를 자르고……

날이 서서 좋다던 손님을
뿌리치다가 부러진 손잡이에
베인 손가락을 넓게 핀다

'거미는 언젠간 제가 입은 해를 되갚으러 찾아온다'는 생각만으로 사건의 반경은 나를 향하는 구심력을 갖고, 여기서 벗어날 수 있겠니? 그럴 수 있겠니?

그러지 못해 철근에
거꾸로 매달려
남다른 근육을 깨우다가
끊어진다면 능지처참

(그러나 무엇이든 소화하는 버섯의 잠재력이란……)

베인 부분을 힘껏 벌린다. 살아 있음을 과시하는

것들에게 해는 언지를 주지 않고 찾아오니까

시간 싸움

부지런할 것도 억울할 것도
쌔고 쌨다 시간이 없다니

처음에는 거처를 옮겼다 흩어져 살던 식구는 안
마당을 두고 방 두 칸을 얻었다 한 지붕 아래 다
른 셋방살이도 있어 밥시간이 겹칠 때면 건넛방으
로 넘어가는 마당에서 간혹 통했다 남의 집의 밥내
를 착각해 창살에 손을 대기도 했으나 입맛을 돋우
니 재미랄 것도 있었다 버려진 뒤뜰은 무방비 지대
였다 그 길로 주인 없는 개와 학교를 오갔다 폭우와
폭설이 내리면 진창에 파묻힌 발을 네 다리네 내 다
리네 서로 당기느라 지각을 면하지 못했지만 크게
혼나지 않았다 주의를 요하는 것에 염려와 안타까
움이 묻어 있다 한들 행색이 초라한 아이에게 세상
은 회초리를 들지는 않았으니 앞날이 우중충한 유

충처럼 자라던 유년이었다 살아 있는 한 모서리에
닿을 수 없겠지 나는 있잖아 벌레가 되고 싶어 오
랜 싸움 끝에 나의 정신, 나의 행위 그 자체로 일어
날 수 없는 일은 시간의 영원성을 갖는다는 것과 그
로 인해 분절된 시간은 또 다른 시간으로 증식되고
그렇게 모인 시간은 어느 순간을 반영한다는 데 문
제가 있다는 것을 알게 되었다 게을리하지 않는다
면…… 정신을 깨울 수 있다면…… 스스로의 말이
두려워진다면…… 시간은 그리 중요하지 않다, 다
만

  그 때문에 가능성은 문제가 된다

내적 떠받침

마음씨 좋다는 건 뭔가
부정하지 않는 건가

진학을 앞두고 있었기에 그는
들뜨다가도 걱정이 앞섰다
근본이란 게 필요해서
하고 싶은 걸 해야겠니?

그는 숨김없이 말하면서도
어려운 소리는 안 했다

낯선 단어가 개별적인 경험을
더 쉽게 교환할 수 있다는 것을
알았더라면 그는 억울했을까

몇 가지 정리가 안 되는 문장으로
말하자면 "제자리란 무엇인가?"
"그것은 불완전한 것이다"
"삶은 제자리를 키우는 것이다"
"따라서 삶은 불완전한 것이 된다"

삽이 된 이후로
그는 말이 짧아졌다

부정이 그를 성급하게 했다
수업에서는 스튜어트 홀의 '절합'이라는 개념 설
명이 한창이고 (어쩌다 여기까지 오게 되었더라?)
그는 목석같은 머리로 생각하다가
바닥을 파헤치기 시작했다

저변에는 여러 면이 뒤엉켜 있고

흙을 퍼내어 옮긴 만큼
자신을 떠받치고 있던
지각에 변동을 일으켰다

개인적인 슬픔과 병든 사회는
과도하게 다듬어졌다는 점에서

각 면이 가진 분절과
그 조건이 다른 것이다
극복할 수 없는 부정이

내면으로 들어오자 그의 세계는

무너졌다

화내지 말자

좋게 생각하자

제자리에서

(머리를 쓸수록 그는 멀어져 갔다)

그와 거의 동시에

그런데 잠깐,

여기서 앉아보자

줄눈에 핀 곰팡이처럼

남은 것들을 생각해보자

깜찍한 것을 끔찍하다고 말하면서

그게 가능한가 가능하지 않은 것도 있나 람부탄
은 꽁꽁 얼어 있었다 열대과일이라고 했다 껍질을
벗기는 게

꼭 네 머리통 가죽을 벗기는 것 같다고

뇌에 좋은 거라고 먹어보라고 했다

독이 있지만 산 것만 하겠냐고

자꾸 까먹는 것이 꼭 무슨 나라 이름 같다

세상은 억울한 것 덩어리인데

아니지, 지부티의 수도는 지부티이고 부탄의 수
도는 팀푸라고 접시에 아프리카와 아시아를 그린다

억울하다는 듯이 죽으라고 했다 그랬나 그런데
나

나비를 구해본 적 있던가

머리가 아파서 그것을 놓아줬던가

쉽게 구할 수 있는 나비를 봤던 것도 같다

박스 가득 나비 표본이 들어 있었는데

책 사이에서 짓이긴 무슨 잎 같기도

베갯잇에 몰래 넣어둔 부적 같기도 한

그것을 버리려다가

희망이 날개 달린 것이거나

발이라도 달렸으면

가벼운 것은 힘이 들지 않으니까

이 많은 음식을 음식이게 하는 것은

질 좋은 냄새, 따뜻한 향 같은

냄새와 향은 얼마나 다른가

죽은 냄새를 다 빼려면 몇 개의 환풍기가 돌아가
야 하는 걸까 그러나 나비는 산 것보다 시체를 더
좋아해서

먹기 위해 옮겨붙는다 그는
피가 머리에 쏠릴 때까지
화장실에서 물구나무를 섰던 적이 있다고 했다
얼굴이 붉거져서 가만히 있는데
무서울 건 없다고 죽기야 하겠냐고
씨앗을 잘 발려 주는 것을
남김없이 먹었다
그와 거의 동시에
남은 것은 두려워졌다

같은 것이 아니다

'송곳니와 흰자는 바탕이 아니다. 바탕은 흰 것이 아니다. 아프리카계 미국인과 미국인은 같은 것이 아니다. 전통 회화를 관람하는 인물과 지켜보는 인물은 보이는 것이 아니다. 그림에서 보이지 않는 것은 두 가지 정신, 두 가지 생각, 두 가지 어긋나는 분투*, 보이는 것은 보이지 않는 것이다. 칠하는 것은 긁어내는 것과 같은 것이 아니다. 신체는 노동이고 엉덩이는 살인데, 가려움증은 긁어낼 수 없는데. 밑면은 눈에 띄지 않는 것이다. 그것은 이동 가능한 거리에 머문 적이 거의 없다. 그것은 고정되어 있으며 죽을 때 무력으로 전시되기도 한다.

한낮의 미술관에는 인물을 보며 소리 내는 입이 있고, 그 음성이 희다. 흰 것을 두고 창백하다고 한다면, 지우개를 흰 물감이라고 한다면, 핀이 나간다면, 검푸르다고 말해야 하는 송곳니는 억지로 웃는 중. 흰자는 눈알을 굴리며 관객과 눈싸움 중. 지워야 할 벽 뒤에는 조금씩 어두워지는 세계가 있다. 그것은 검은 것 위에 흰 것을 쌓아 올린 것이 아니다. 빛이 지탱하는 것 또한 검은 것의 윤곽이므로 보이지 않는 것은 지워진 것이다. 유일하게 보이는 흰 송곳니와 흰자는 일을 끝내고 집에 돌아가 그릿츠 앤 에그 샌드위치를 해치울 것이다. 내일의 싸움을 위해 이를 닦으려다가 물로만 행굴 것이다. 거울을 보며 여자와 남자로 구분된 패널 사이에서 고민할 것이다.

상처 난 부위의 딱지처럼 긁어낼 수 없을 것이다. 고민은 하나 이상의 인물에서 비롯되는 것이다. 한 인물이 다른 인물의 세계를 가진다는 것은 차이의 반복이므로 반복에는 실수와 잘못이 만연한 것이다. 사물의 밑면에도 지워진 엉덩이의 흰 그림

자가 있으므로 나는 나타난다, 반드시 나타날 것이
다.˙

　여기까지가 바탕칠을 하던 어느 젊은이의 생각
이고.

＊　W. E. B. Du bois, 『The Souls df Black Folk』, 핼 포스
터, 『소극 다음은 무엇?—결괴의 시대, 미술과 비평』에서 재인
용(조주연 옮김, 워크룸프레스, 2022).

접혀 있는 것들

　여기는 손에서 손으로 건너갈 수 있을 뿐. 유리
창 가까이 다가가 입김을 불면 '좀 닦아야겠군' 생
각하게 되리. 가까이 다가갈수록 무서운 것들이 한
곳에 발을 두고 모여 있다. 풀이 자란다. 투명한 잔
을 잡고 있는 물, 손이 왜곡한다.

　너를 삼키려다가 그만.
　숨이 잘못 넘어간 거야.

　방금 접은 곳을 기억하라고 한다면 펼쳐지지 않
는 주름, 숨죽여 만든 주름을 생각하겠지. 바람이
들판을 일으킨다. 그러나 그곳에서 벗어난 적이 있
기는 할까. 책의 귀퉁이를 접듯 지붕을 접어둔다.
다시 찾아가지 않더라도

아직 방에 있는 중이라고 나는

아무한테도 말하지 않는다

알다가도 모르겠는

언젠간 나의 손이 나에게서 절단되고
무언가를 쓰라고 명령하면 자신도 생각 못 할
그런 말을 써버리는 날이 올지도 모른다.
—릴케, 『말테의 수기』

기일이다 내일은
가봐야 하는데 뜬다는 게
세상을 말하는 것만은 아니지
문을 열어두면 때 이른 애도가 되지
죽는 게 죄가 될 수 있냐고 묻던
구상나무는 서늘한 기운에 취해
지난날을 겹쳐 보았다 솔방울이 적잖이
큰 것은 위로 향한다고
산꼭대기에서만 볼 수 있다고

그 말을 하려고 기다리고 있었다고

꽃과 열매, 희디흰 어떤 것

그 너머로 빗겨나가지 않고

어떤 것도 겨냥하지 않으면서

그가 보는 것이 그를 보이게 하는

흠잡을 데 없이 멋진 이야기를

하려고 그곳에 심어두었을까

아니, 생각이 무서워 심어두었지

걱정을 어떻게 다뤄야 하는지 도무지

알 수가 없어 땔감이 부족하면

솔방울을 주워 불을 피우는 수밖에

이것을 보고 꽃이 달아나 버렸다며

파릇파릇하게 웃던 구상나무는 한겨울

서양으로 팔려 갔다 연말을 장식하기 위해

많은 값을 치른 어떤 이들은 행복을

손아귀에 쥐듯 작고 빛나는 것을
집었다 놓으며 구상나무를 꾸몄다
그날에 나는 누렇게 기름진 닭의
튀긴 옷을 벗기며 꼬오꼬오거렸다
산란하던 새벽녘의 볕은 어느 누구의
노여움을 벌하려고 세상을 만졌을까
구상나무가 있던 곳, 희디흰 빛이
내려앉아 무수한 허물을 방치해둔다
죽은 자를 찾아가는 것은 죄이다 그러나
알다가도 모르겠는 죽음이 어디 있겠니
두고두고 슬픈 것을 멋진 것이라고
편을 들던 그는 문간에서 들어오지 않고
들어온다면 알아채는 이 없어서 그는
거의 모든 것을 빌려 말을 걸어
자세히 다가가 보니 무덤뿐인

현실이 도망가고 있었다

또는 어쩌다

십여 년이 지난 후에
볼썽사나운 것이 되어
손아귀에 힘을 줄 수도
떨어지는 낙숫물을 피할 수도
없으면 어쩌지 어쩔까 난
젊고 단단함을 말하는 게 아니야
살아 있어서 산다는 늙은이가 있었지
어느 날 산을 오르던 그는 우연한
대목에서 젊었던 자신을 봤으나
하필 그들의 시간은 맞물리지 않아
장성한 나무에 지팡이를 꽂았더니
지팡이가 산으로 자랐다고 하질 않니
반평생 지니고 다닌 그것을 두고
하산을 하게 되었는데 글쎄
하필이면 그것이 전설이 되어

후대의 공이 되었다질 않니

아이 없는 집에 아이가 들고

원치 않아도 아이가 들고

과연 공일까, 네가 태어난 게

살아가는 데 내가 필요하다는 게

낳은 몸보다 오래 산 핏덩어리야

오래 살다 보니 나무는 인물이 되어

이름이 아니라 신드롬이라고 하질 않니,

무엇이 그 나무를 은유할 수 있을까

만들어냄과 동시에 만들어졌다고

말하던 서구의 비평가가 있었지

언어도 그에게는 의미의 신체였지

앞으로 보겠지만 늙은이의 눈길도 잠시,

존재한 적 없었던 것처럼 굴 수 있어?

중단된 얼굴에서 자유로울 수 있어?

자유롭다는 건 뭘까, 한 방의 우화
한 방의 사정 같은, 수난과 고통의
세계를 구성하는 관찰자의 세계
이미 그 길로 들어섰는지 모른다
나의 교란은 은유로 구성되어 있다
나무가 지팡이였던 적이 없었음에도
그가 오래 살 수 있었던 이유는
하루아침에 바뀐 낯선 단어
신체를 지닌 언어 탓이다
그것을 육화하는 것은 누구인가
가로막고 있는 것이 길이 아니라
몸 또는 어쩌다 생긴 아이라면,

허튼소리

의외의 인간은
눈치 아닌 게 없다

나는 그의 무릎에 앉아 죽는 것을 끝까지 지켜볼
수 있었다 또는 어쩌다 지금까지 살다 보니 흐려지
는 것이 있어 불가사의하다는 것과 일어나지 않은
일이 더러 있다는 말을 하나로 믿게 되었다 빈손은
부조화를 이루지만 조증 환자의 낯빛으로 저녁에
반항하는 겨울의 차고 흰 돌처럼 하나의 상태를 예
외로 기다린다 이 행위가 금지될 때까지 인간이 그
것을 가능하게 본다, 손에 쥔 게 마땅히 없음에도

……잘한 것이 있다면
애써 부추기지 않은 것

작은 것과 둔한 것

식탁보를 당기면
미끄러지는 주름
음식이 식기 전에
돌아가야 한다고
닥터는 한 손에
칼을 잡고 늦은 저녁
차린 식탁을 뒤로하고
죽어가는 작은 것에게
간다 예외를 모른다
우연은 자신의 불운을
입증해야 하는 처지
닥터는 오래전부터
너무 많은 사건에
관여한 탓에 둔하고
이마에는 '잘못' 그은

지문이 새겨져 있다

하나의 행위라면

행위일 것 따라서 그가

꿰맨 막간의 매듭도

하나의 행위가 된다

닥터는 현상 유지를

최선이라 생각했으나

불시에 떨어지겠지

죽는다는 게 그래

흐르는 촛농같이 잠시

저 혼자 식어가는 기분

각도가 조금 모자라서

빛이 약간 휘어지자

작은 것이 크게 보인다

과장된 우연의

내막이란 그런 것
모서리부터 커지다가
문지방에 올라서는 것
문을 닫아도 내내
문 앞에 서 있는 것
그것을 부를 단어를
찾다가 저녁을 물린다
여러 벌 껴입은 저승이
걱정거리가 필요한
닥터에게 노크한다
작은 것과 둔한 것은
부재의 규모를 키운다
어느 때 어느 정도로

므두셀라

납작한 주머니에 찔러 넣은 손가락들
그 손가락들은 내 안에 들어온 적이 있다
내게 주먹을 쥔 적이 있다
배가 부른 날엔 혼자 병원에 갔다

두 개의 주머니가 팽창하는 중이다
주머니 속 먼지를 작게 쪼개면
더 작아져 날아가는 티끌처럼
수십억 년을 떠돈 므두셀라처럼

나의 날은 모래알같이 많으리라(욥기 29: 18)

나는 처음부터 혼자였어
두 개의 주머니를 오렸다
피 묻은 봉투 속에서도 나는 편안하다

좋은 것만 기억하라는 그의 말이 잠 속까지 따라
온다

                              나를

              작게

    쪼개면
                         더

                                        작게
    쪼깨지는
                         내 아이들

    혼자 떠도는 행성이 있다
    그 행성의 이름은 므두셀라다

뒤로 더 뒤로

땅에 발을 붙여야지

복덩이는 이름이 많아

백 개의 달걀을 생각하다가

여북해서 깨어지지 않을까

소리 내어 앞지른 삶이 깡그리 틀어질까봐

환기를 한다, 책방에 앉아서 읽을거리를 봤던 일

별일 아니라는 듯이 앞뒤로 나란히 걷던 일

그때는 아무도 돌아볼 수 없었던 일

소망하지 말자는 것이 그만

미워하는 것이 되었을까 하필이면

나쁜 생각을 너무 많이 해서

언제쯤이면 벌을 받는 것인지

괜찮은 핑곗거리가 된 것마냥 비가 온다

첫째와 선비처럼 내리던 비

가난을 도둑맞은 것처럼

외로운 것이 자유롭게 내리던 비

발꿈치를 올려 조용히 걷게 되는 거리가

죄를 지은 것도 아닌데 비정하다?

뒤로 더 뒤로, 뿌리면서 가는 것이

첫째와 개똥이가 일하는 걸음걸이라

남의 농지를 빌려 남는 것 한 푼 없이

암연하다가도, 그것이 형용하는 것들은 죄다

슬프고 흐리고 어둡고 침울하다

애매하고 어렴풋하다 선비는

닭이 낳은 달걀을 몽땅

가져가는 복덩이가 밉다

헌데 가만, 나는 왜 결말이 아니라

케케묵은 그런 장면에서 서러워하는가

깨어도 깰 수 없는 것, 종이 운다

그것에 매달린 방울이 없었다면 좋은

울어야 할 까닭이란 없지 삶이란
앞뒤로 잘 구워 놓쳐도 깨지지 않게
같은 자리에서 단단해지는 것
그런 것이 인간문제 아니면 뭐겠어
뜻과 음에 사랑이 있다 한들
나를 부르는 게 이것인지 저것인지
뒤로 가는 것이 앞으로 보이거나
앞으로 가는 것이 뒤로 보이는
내가 키운 농작물 같은 시
과연 무엇이 더 복덩이일까,
징그러운 잎에서 툭 떨어진다
땅에 발을 붙이는 것은
빗방울의 소망,
그것이 업보 아니겠니

불운에서 탈출하는 법

멀쩡한 창문이 많아서
오늘 외출은 삼갔다

씻기 위해 옷을 벗으면 어쩐지 탈출한 기분 실오
라기 하나 걸치지 않은 창문은 비의적인 바깥과 접
촉하는 중

어떻게 그런 일이 가능하냐는
환청이 들렸으나 듬성듬성했고

오르내릴 수 없는 사실을 쥐고서, 아침 해가 들
기 시작하는 창문을 깨뜨려야 했다. 문제의 장면이
어제부로 이어지는 것을 원치 않았으므로

구도의 짜임새를 재배치하기로 한다

그중에는 꽤 오래전부터 보관하던
아무것도 쓰지 않은 줄무늬 공책이
불을 켜둔 책상 위에 펼쳐져 있다

망치로 쇠를 두드린다
반동이 없는 철제 다리

우연하게도 철을 소재로 하는
그것을 구조주의라고 배웠다

주어진 상황이 인물을 행동하게 하는, 선형적인
구조가 입체적이지 않아서 좋은 점은 거의 모든 것
이 예외 없는 전개로 이어진다는 것, 운이 절망을
거듭한다는 것, 사포질을 한 것 같은 인물 하나를
따라가보면

결국 우연의 궤적이란

거리를 둔 균열이고

근사치에 가까워질수록 이를테면 그의 고민은, 일을 하려면 자전거가 필요한 것과 마찬가지로 자전거가 없으면 일을 하지 못하는 것과 같은 것이다

창밖으로 자전거 한 대가 지나간다

훔칠 수 없는 속도로

다음 장면에 배치한다는 것이 아무것도 하지 않고, 아무것도 쓰지 않고, 마무리를 잘해야지, 생각에 잠겨 벗어둔 옷을 집어 든다

옷에는 줄이 있어 입을 때마다

금이 가는 기분이고

짐작이 아닌 확신만으로

갈라진 곳에 어둠이 든다

그때 창문을 깬 것은

누군가 던진 눈이고……

긴츠키

오전에는

전쟁에서 사망한 망자를 수습하는 이들에 대한 기사를 봤다. 이들은 인간의 유해와 전쟁의 잔해를 구별하기 어려울 때는 천천히 뼈를 찾아본다고 한다. "죽은 사람들이 잊히지 않도록 데려오는 사람"이라고 적혀 있다.

오후에는

깨어진 도자기를 버리지 않고 이어 붙인 후에 그 부위에 금칠을 해서 사용하는 오키나와에 대한 글을 봤다. "금이 간 곳에서 비로소 빛이 나온다"고 적혀 있다. 난민을 다룬 책에서였다.

어디에나 뼛조각 하나쯤은 묻혀 있지
아르투르가 가서 자세히 들여다보니

느닷없이 쏟아지는 흰빛

부러진 문의 빗장을 열고

PIN

051

기만한 습관들

이서하

에세이

기만한 습관들

1. 적당한 김밥

우선 김밥 이야기를 좀 해야 할 것 같다. 어려서는 한 줄을 손에 쥐고 먹을 만큼 김밥을 좋아했다는데, 언젠가부터 그다지 좋아하지 않았다고. 도시락통에 있던 김밥을 모조리 버릴 만큼. 아닌가, 집에가는 길에 도랑에 버렸던가. 지금의 나는 김밥을 필요에 의해 선택적으로 먹을 수 있는 나이가 되었고, 필요에 의한 선택을 할 수 있는 것을 '좋은 경우'라고 믿는 어른이 되었다. 좋은 경우라고 생각하면 김밥의 메뉴를 훑어보다가 기본 한 줄을 시켜 먹는 것도 그다지 나쁘지 않았다. 정확하게는 여기서 더 나빠지지 않을 수 있을 것만 같았다. 궁핍할 때 배가 고프지 않다는 건 적당한 일일까. 해야만 하는 것들과 시급한 것들 앞에서 당장 할 일을 잘 끝내는 것이. 그래서 현재를 잘 넘기는 것이 허기보다 문제였을까. 먹기보다는 까먹는 생활에 가까운, 최근에는 정말 그래. 무리한 것과 적당한 것이 적잖게 섞여 힘들어도 웬만해서는 배가 고프지 않았다. 여건이 없는 선택은 자신의 의지와 다르게 결정되고 선택은 구조적인 문제 안에서 사는 것을 결정하게 하니까.

오후 세 시는 뭔가를 하기에도, 뭔가를 때우기에도 애매하고 어중간한 시간이었다. 수업이 끝나고 거리로 나오면 늘어선 대학가 식당에는 휴게 간판이 걸려 있었다. 다시 공부를 시작하겠다고 마음먹은 것은 몇 년 전 일이다. 갚아야 할 게 남아 있었지만 현실적인 문제를 뒷전으로 미뤘다. 언젠가부터 생긴 그 버릇이 마음에 들었다. 내가 가진 것으로는 감당할 수 없는 것을 넘볼 수 있게 해주곤 했으니까. 그런 무모함으로 대변되는 것들에 따르는 책임이 나를 강하게 만드는 것 같았으니까. 필요한 것의 순서를 종전과 다르게 배치했을 때 불가능하던 것이 가능한 것으로 대치되는 때가 있다. 무모함은 나에게 그런 것들을 가르쳐주었다. 학교를 가겠다는 포부는 그렇게 몇 년의 계획을 세운 나의 권역 안으로 들어오게 되었다. 소설과 시가 다 허황되고 권태로운 때였다. 그런가 하면 주변에 공부하는 친구들에게 나는 얼마나 무모하고 허황돼 보였을까. 진학에 대해 말하면 그들은 하나부터 열까지 다부진 충고를 했다. 나는 여전히 그들의 비슷하고 다른 반응을 기억한다. 무언가를 향해 구체적으로 나아가고 있는 사람만이 가질 수 있는 확신과 자조적인 표정. 근심 가득한 얼굴로 건네던 말끝에서는 하나같이 굵직하고 억센 감정들이 느껴졌다. 이상하지, 그들의 바쁜 생활에 비해 나의 고민은 쉽게 정리되는 기분이었을까 왜. 아직 늦지 않았어. 다른 것을 찾아봐. 마지못해 흘기는 염려의 눈빛들, 구태여 하는 그들의 말들은 옳았다.

　정말 앞으로 어떻게 살아야 하나. 유일하게 문 열린 분식집에 들어가 옆으로 누운 김밥 한 줄을 시켜 먹으며 생각한다. 무언가가 조금씩 상했지만 말하지 않는다. 채워지지 않고 때워야만 하는 것들. 밑 빠진 독에 물을 붓는 그런 생활들. 실존보다는 오히려 유예에 가까운 상태로 폐기되고 싶다가도, 상한 것은 상한 것대로 두기로 한다. "그것은 그것대로 둬" 말하던 친구도 있고, "못하겠다고 해" 상황을 진단해준 친구도 있다. "하고 싶은 것을 꼭 해야겠니" 반문하던 친구도 있었다. 그런 말을 곱씹으며 내가 가진 것들 전부 세어본다. 무리한 것들 중에서 가장 단순한 것, 그래서 가장 먼저 포기할 수 있는 것. 우정보단 사랑. 그리고 나 자신. 넌 뭐가 그렇게 복잡하니. 묻는다면 나의 대답은 얼마나 기만적일 수 있을까. 사는 것에 의지가 강한 사람은 살아 있는 것에 애정을 갖기 마련일 테고, 그것들은 결국에 서로를 알아보게 되어 있을 건데. 사그

라지지 않는 잔불처럼 오늘이 비슷해서 포기할 수 없는 게 나 자신 아니겠니. 옆구리 터진 김밥이라도 더 좋다거나 나쁜 게 없지 않겠니. 구김 없이 살고 싶다가도 자꾸만 구겨지게 된다. 구겨지면서 기어코 그 주변까지도 구겨지게 만들면서. 살기 위해 강해져야 하는 것이 저기에도 있다고, 덜컥 하고 싶은 말이 생겨서 나는 하고 싶은 게 많은 인간이 되었나. 내가 뭐라고.

2. 소풍이 아닌 장소

좋은 습관이 나쁜 것이 되기도 한다. 그중에는 대물림받은 것도 있겠지. 나는 친구들의 도시락을 몰래 훔쳐보는 것을 좋아했다. 그들의 김밥은 하나같이 작고 견고하고 있어 보였다. 그에 비해 내 김밥은 오래되고 없어 보였다. 한입에 들어갈 수 없을 정도로 큰 김밥의 단면은 재료보다 흰밥이 더 많이 보였다. 점심시간은 어김없이 찾아왔고 돗자리에 둘러앉아 서로의 것을 맞바꿔 먹는 선생과 친구들을 보고 있었다. 뚜껑을 열면 번번이 망가져 있는 김밥을 바꿔 가고 싶은 사람은 아무도 없겠지. 집으로 가는 길에 문득 김밥에도 가난이 보인다는 것을 알게 되었다. 도랑을 지나 빈집과 오두막을 지나 에둘러 갔다. 지금까지도 나는 나 자신이 마음에 들지 않을 때면 종종 걷는다. 걷다 보면 동조하게 되는 것도 있고, 아닌 것도 있다. 생각의 중심에서 지나친 것은 어떻게 되는가. '텅 빈 중심이 된다. 생각이 소거된다.' 머릿속으로 외우며 걸었다. 원형으로부터 이탈하려는 김밥 속의 재료처럼. 오래전 소풍이 정리됐다. 소풍은 이제 하나의 장소보다는 김밥으로 남았다. 중학생이 되어서는 그마저도 가져가지 않았지만. 챙기지 않아도 되는 것이 있다는 게 좋았다. 가져가지 않음으로써 부족한 것을 감출 수 있었다. 그런 선택을 할 수 있는 어리지 않은 나이가 되어서 좋았다. 덕분에 필요한 것을 그것대로 비워둔 채 사는 법을 일찍 터득하게 되었다.

하루는 살아서 걷는 것이 좋다고 말하던 사람을 만나러 가는 길이었다. 중랑천 물의 흐름. 그 길의 흐름은 물을 닮아 여러 겹으로 이루어져 있었다. 중심이 빈 곳을 나는 자주 왕복하는 버릇이 있다. 화내는 것은 미끄러운 것에 가깝다. 언제 미끄러질지 모를, 어딘가 부딪혀 깨질지 모를 위태로운 상태 같다. 다시 일어서려고 해도 붙잡거나 돌이킬 수 없을 것 같다. 나는 사랑을 우정으로 읽고 싶어 하는 사람 중 하나인데. 사랑은 미끄러운 것들 중 하나라서 잘 말린 우정을 좋아하나. 사랑은 어리석은 구석이 있으니까. 어리석은 것은 맹목적이니까. 더 이상 증발할 게 없는 관계. 볕 좋은 데 잘 말린 것만 같은 그런 관계. 건조해서 더 이상 갈라질 게 없는 관계를 나는 어느 시에서인가 "마음이 허약한 것은 코가 건조해지는 것과 같다"는 구절로 쓴 적이 있다. 개의 코가 건조해지는 것은 좋지 않은 징후인데. 나에게는 개의 코를 빛나게 해줄 작고 따뜻한 것이 없는데. 개의 맹목적인 우정에 비해 보잘것없는 것들뿐인데. 하나같이 작거나 하나같이 차가운.

오전과 오후에는 개를 데리고 산책을 한다. 가야 할 곳에서 처음 보는 것을 찾는 것은 약간의 위로가 된다. 며칠 전부터 의자 하나가 놓여 있다. 길이 그러듯 아무도 의자의 자리를 빼앗으려 하지 않았다. 나는 의자를 에둘러 간다. 내가 에둘러 가는 것들은 대부분 나로 인해 더 크게 망가진다. 자신이 세운 세계가 조금씩 무너지고 있음을 알고 있는 사람에게 틀린 것을 말하는 것은 어려운 일이다. 때로는 말이 불필요로 하다는 것을 알아차리고 다른 말을 구태여 찾지 않는다. 무너지는 것에도 무너질 자리가 필요하니까.

최근에 다녀온 나라의 법전에는 "짐승이 고통스럽게 죽지 않도록 심장을 단단히 묶어야 한다" "짐승을 함부로 도살한 자는 그와 같이 도살당할 것이다" "말을 훔친 자는 변상할 말이 없으면 아들을 내주어야 한다"고 적혀 있다. 창밖으로 바위와 돌들, 언덕이 지나갔다. 표지판이나 지도 없이 달리는 차창 밖으로 무리를 지어 다니는 여러 동물이 있었다. 홍고르엘스로 가는 흔들리는 차 안에서는 작자 미상의 '그 애'를 봤다. 등에 털을 밀어 새겨 넣은 숫자나 표식이 있었다. 그 숫자와 표식이 나쁘지만은 않았다. 적어도 숫자와 표식이 그들을 가두거나 묶어두지 않았으니까. 무너진 축 하나가 다른 것들을 송두리째 끌어당기듯 겨우 살아 있는 것들. 입을 벌리고 흰 밥알을 밀어 넣는 것처럼 아주 느리게 보이는 겨우 살아 있는 것들. 내내 미천하다는 것, 너무 미천한 까닭에 놓을 수 없는 것이 있다는 것. 그래서 오히려 세상을 하찮게 여길 수 있는 패가 내가 쥔 패 아니겠니. 어디로 가고 있는지 모르는 채로 가난이 덜컹거릴 때마다 나는 비겁하게도 '그 애'의 불행에 기울었다.

3. 거듭 말하는 사람

혼잣말을 자주 했다. 고치고 싶지 않았다. 정리가 필요한 것들이 다듬어지지 않은 채로 흘러나오는 게 좋을 때가 있었다. 좋지 않은 의외의 상황이 그렇듯. 예측 불가능한 상태가 불안만큼 좋을 때가 있었다. 나의 불안은 언제나 좋은 것과 같이 있었다. 알고 있었지만 그래서 더 어려운걸요. 나는 좋

은 것이 불안 쪽으로 기울지 않도록 조금씩 어려워
졌다. 모든 것이 준비되기 전에 보이는 것에 두려워
졌고, 걱정마다 '반드시'가 수반되었다. 신발은 현
관 왼쪽 벽면에 정렬되어 있어야 한다. 접어둔 이불
위에 담요를 올려둬야 한다. 책의 순서도 거스르는
일이 없다. 집을 나서기 전에 모든 사물들이 제자리
에 있는 것 확인하기. 개를 위해 불 하나를 켜두고,
하나라는 것 확인하기. 어제와 오늘이 비슷하게 흘
러가고 있는지 확인하기. 확인을 위해 거듭 말하기.
말한 것을 의식하면서 지금 말하는 것이 살아 있는
지, 머지않아 나에게 어떤 영향을 끼칠 것처럼 대
한다. 책등, 옆에서 두 칸. 가위는 항상 같은 방향을
향해 꽂혀 있고, 컵의 손잡이는 일정한 흐름을 가지
고 있다. 이 집은 나 때문에 모든 물건이 함부로 있
을 수 없게 되어 있다. 무섭지 않은 것들이 나를 무
섭게 했다. 이게 다 뭐라고.

  굳이 감추지 않아도 되는 것들을 감추고 있는 기
분이 들 때마다 나는 스스로 기만적으로 여겨졌다.
굳이 지키지 않아도 되는 선을 지킬 때마다 나는 스

스스로를 기만적으로 여기게 되었다. 언제부터 정직했다고. 어렸을 때부터 나는 어른이 알려주는 길로 다니는 것을 좋아하지 않았다. 대부분 정직하게 무사히 집으로 돌아갔지만 종종 샛길로 빠지는 모험을 좋아했다. 무엇보다도 내가 정직하게 집으로 돌아가는 것이 누구의 관심거리도 되지 않는다는 것이 이상하게 기쁘고 나를 지켜보던 굴레에서 벗어난 것만 같았다. 집으로 돌아가는 길에서만큼은 자유로울 수 있다는 것이 좋았던 것 같다. 집이란 약속한 적 없는 규칙이 존재하는 공간이니까. 예상을 빗나가는 시를 쓰기를 바라면서 정작 예측 가능한 사람이 되고 싶다는 것은 그래, 좀 모순적이지. 모순은 과거의 제 모습을 가장 잘 드러내는 것 같아. 과거는 내가 믿어왔던 선택이 응집되어 있는, 이제는 나에게 어떠한 타격도 주지 않는 "기억의 주름 속에 숨겨둔 빚"으로써 가끔씩 등장할 뿐이지만 나는 나와 비슷한 과거를 어떻게 갚을 수 있을까. 제자리에 있지 않은 것을 보면 걱정이 들고, 걱정은 어떤 약속처럼 주문이 되어간다. "아냐, 거기 있어.""이렇게 두면 안 돼.""냅둬. 아무것도 건드리지 마.""아무도. 아무도 건드리지 마." 그러니까 제자리에 집착한다. 더 정확하게는 사물에 나의 상황을 너무 구체적으로 이입한다. 사물이 잘못되어 보이면 나의 가족, 친구, 나의 개가 위험에 처해질 것만 같다는, 그런 걱정이 나를 아주 잠깐의 순간에 흔들어놓는다.

걱정을 어떻게 다뤄야 하는지 나는 여전히 알지 못한다. 나의 혼잣말은 이런 식으로 저 혼자 커진다. 편하게. 혼잣말을 하고 싶어. 모두에게 보이는 혼잣말을. 혼잣말을 하는 사람은 걱정이 많은 사람이라는 것을, 지금의 나와 비슷했던 엄마를 생각하면서 알게 된다. 엄마도 걱정을 어떻게 다뤄야 할지 몰랐던 거지. 그래서 엄마는 "안 돼. 내 딸들은 건드리지 마" 하면서 개수대 놓던 컵을 다시 놓고, 방금 넌 빨래를 다시 걸고 널면서도 걱정은 도무지 정리가 안 됐던 거지. 이제 나는 안다. 나는 어느새 엄마의 걱정과 닮아 있다. 통제 불가능한 것들을 보이는 것에 이입하는 이유를 이제 나는 알 수 있다.

실체가 없는 상태가 이미지를 가지고 있는 사물로 인해 보이게 되는 것만으로도 상태는 통제가 가능할 것처럼 여겨진다는 것을. 그래, 너는 무슨 말을 하고 싶니. 묻는다면 "악착같이 살고 싶지 않다"고 말하고 싶다. 이건 내가 살아온 것에 비해 기만적인 부분이 있으니까.

마음 연장

지은이 이서하
펴낸이 김영정

초판 1쇄 펴낸날 2024년 5월 25일

펴낸곳 (주)현대문학
등록번호 제1-452호
주소 06532 서울시 서초구 신반포로 321 (잠원동, 미래엔)
전화 02-2017-0280
팩스 02-516-5433
홈페이지 www.hdmh.co.kr

ISBN 979-11-6790-255-9 (04810)
ISBN 979-11-6790-228-3 (세트)

* 책값은 뒤표지에 있습니다.

현대문학 핀 시리즈 시인선